反マトリョーシカ宣言

大橋政人

思潮社

反マトリョーシカ宣言

大橋政人

思潮社

目次

装幀＝思潮社装幀室

反マトリョーシカ宣言

肉の付いた字

肉水
肉草

肉雨
肉花

肉雪
肉火

肉土
肉歩

肉体
肉歩

花力

草
と言ったら
やっぱ
草力でしょ
花は
花力

雨
と言ったら

やっぱ
雨力でしょ
雪は
雪力

雲
と言ったら
やっぱ
雲力でしょ
空は
空力

鳥力

鳥が
空を
飛んでいるのを見ると
鳥が
自分の力で
飛んでいる
ように見える

魚が

水の中を
泳いでいるのを見ると
魚が
自分の力で
泳いでいる
ように見える

人が
地面を
歩いているのを見ると
人が
自分の力で
歩いている
ように見える

雲とも言えない

海には
大きな魚が一匹
魚は
どんどん大きくなって
海の大きさと
同じになった

もう、一匹とは言えない
海とも言えない

魚とも言えない

空には
大きな雲が一つ
雲は
どんどん大きくなって
空の大きさと
同じになった

もう、一つとは言えない
空とも言えない
雲とも言えない

海

子どもたちは
危ないから
波打ち際で
海から
海面を
ベリベリベリと
引きはがしたりして
遊んでいる

引きはがしながら
海面の下を
のぞきこんでいる子もいる

大人たちは
舟で沖に出て
長い棒の先に
水平線を引っかけて
いま大きく
浜まで引っぱってくるところ

太古の海は
とても広いな
大きいな

目の行列

アリさん文字は
一筆書き
文字なのか
絵なのかもわからない
わからないけど
面白い

ふと顔を上げたら
目の前を

目の行列が通っていた
細長い目を
タテにして
ピョンピョン
跳びはねながら動いていた

そのあとを
耳が通って行った
クルクルクルクルクル
回転しながら歩いているので
右の耳か
左の耳か
わからない

最後に鼻がいくつも
一直線に並んで
静々と通って行った
鼻の底を
地面に
こすりつけながら

行列が
見えなくなるまで見ていて
顔を上げたら
目も鼻も口もない
ノッペラボーの白い太陽が
見下ろしていた

顔面体操

朝の指は
朝だから
五本

髪の毛の数といっしょに
遥か昔に密かに数えられていた

爪が
堰き止めているから

肉は流れない

朝だから
目玉も二つ

そのまわりの肉を
五本の指でやさしくほぐす
額の肉を上方へ押し上げる
顎の肉を骨に当ててごろごろさせる
右の頬を右手の平で強く押したら
そのことを左手に教えて
左手の平で左の頬を強く押す
両方の手の平で頬肉を挟み上げる
最後は裂けるくらいまで口を大きく開ける

（ニンゲントシテ　イチバン
（マジメナ　カオヲ　シテクダサイ
（ニンゲントシテ　イチバン
（カナシイ　カオヲ　シテクダサイ

顔を百面ぐらいつくると
私の顔など
最初からなかったことに気づく
そのことを再確認できてから
五本の指で
ようやく今朝の顔を洗い始める

ヒラメの唄

ヒラヒラヒラヒラヒラ
ヒラメさん

ヒラメの内面
ひっぱがせ

ヒラメの中心
えぐり出せ

ヒラヒラヒラヒラ
ヒラメさん

平たいカラダの
ヒラメさん

平たいカラダを
ヒラヒラさせて

平たいカラダを
置き去りにして

ヒラヒラヒラヒラ
ヒラメさん

ヒラヒラだけで
泳いでいく

ヒラヒラだけを
ヒラヒラさせて

立ち泳ぎ

金魚を
長いこと見ていて
テレビをつけたら
画面の中で
男の人の口も
女の人の口も
みんなパクパク
動いていた

頬の肉も
顎の肉も
口のまわりの肉も
みんな
気味悪く動いていた

金魚は
声を出さないのに
肉を動かして
人間は
音を出していた
背ビレや
尾ビレがない代わりに
人間の胴から下は

二つに裂けていて
その二本を交差させて
人間は
テレビの中で
泳いでいた

二本の腕で
バランスをとりながら
頭を上にして
立ち泳ぎをしていた

「ふたあつ」

まどさんの
「ふたあつ」という詩を読むと
少し怖くなる

「おめめが、一、二、
　ふたつでしょ。」
まどさんが
子どもの言葉で
そう書くと

（なんで目は
（二つでなければならなかったのか
まどさんの問い詰める
うなり声まで聞こえるようで
怖くなる

「おみみも、ほら、ね、
ふたつでしょ。」
「おててが、一、二、
ふたつでしょ。」
「あんよも、ほら、ね、
ふたつでしょ。」

「ほら、ね、」

を繰り返しながら
まどさんは
ニンゲンの顔やカラダを
点検していく
つくづく見る人でなくては
「ふたあつ」に注目したりしない

どんな小さな子でも
わかっても
わからなくても
自分自身の大きな問いを
まどさんは投げかけるのだ

子どもの言葉で

あたりかまわず

＊カッコ内は、まど・みちおさんの詩「ふたあつ」から引用。

感情と表情

感情が
出て
表情となる
なぜ感情は
顔に出るのか
尻に出ても
背中に出ても

足の裏に出ても
よさそうなものなのに

感情は
個人的な心の動きだが
人間はそれを
誰かに見せたがっている

個人のものだけに
しておけないのだ

それで感情は
顔に出て
表情となる

誰かの視線の
いちばん見やすいところで
目を動かし
眉毛を動かし
口を動かして
表情をつくったりしている

口は忙しい

Don't speak with your mouth full
そんな英語を
中学で習ったが
口は忙しい

ものを食べる
その入口として
動かなければならないのに
その同じ口を

いろいろ動かして
何かしゃべったりする
その二つを
同時にしたくなったとしても
無理はない

その上
口という
出口兼入口がなければ
人間は息もできない

それに比べると
目など
二つもあるのに

仕事は見ることだけ
（涙を流すこともあるが……）
耳だって
ただ聞いていれば
一日が終わる

Don't speak with your mouth full
食べるか話すか
どっちかにしろ！

目や耳に
そんなこと
言われる筋合いはないのさ

ネコをかぶったネコ

ネコが
ネコをかぶる
その瞬間が見られたら
面白いのになあ

見たなっ！
なんて
ネコが
振り向いたりして

ネコが
ネコを脱ぐところも
見てみたい

こんな暑苦しいもの
着ていられないよ
なんて

でも
ふつうのネコは
ネコをかぶらないし
ネコを脱ぐこともない

ロシアの郷土玩具
マトリョーシカみたいに
ネコの中にネコが
仕舞われていることもない

ネコはネコの外にネコをつくらず
ネコはネコの中にネコをつくらず

反マトリョーシカ宣言

十歳ぐらいの女の子の
お腹あたりをキュッと回すと
同じ服を着た同じ顔の
少し小さ目の女の子が入っていて
出てきた女の子のお腹あたりを
またキュッと回すと
もう少し小さい女の子が出てくる

ロシアの郷土玩具

マトリョーシカ
誰がいつ
思いついた玩具か知らないが
お腹の中に
昔の自分が五つも六つも入っている女の子なんて
日本中どこにもいない
(いたら面白いけど)
多分、創った人は
女の子の成長の過程を
目に見える立体にしたかったのだろうが
思い出の中に
思い出を詰め込むことなんてできはしない
マトリョーシカの創案者は
そのことを知っていたのだろうか

言葉（思い出）を立体にしてしまうグロテスクに
気づいていたのだろうか

生身の人間は誰でも
成長の跡を見せることなく成長する
つまり、いつの間にか
知らず知らずに成長する
一歳と二歳の間に
何かの仕切りがあるわけではない
あるいはマトリョーシカの創案者はあるとき
その恐るべき不思議に気づいて
そのことを告げたいために
あえて、このグロテスクを創作したのだろうか

日本で言うなら差し詰め
落語の道具屋が売っている
源頼朝公のシャレコーベ
えっ？　頼朝公にしては小さ過ぎるって？
なんせお客さん
頼朝公十歳のときのシャレコーベですから
よかったらハイッ
おまけに七歳のときのシャレコーベ
五歳のときのシャレコーベ
三歳のときのシャレコーベ

＊「頼朝公のシャレコーベ」の話は昔、誰かの落語で聴いた覚えがあるが　誰だったか思い出せない。落語の種本と言われる『醒睡笑』（安楽庵策伝、講談社学術文庫）、

『五代目古今亭志ん生全集』(全八巻弘文出版)、『立川談志独り会』(全五巻、三一書房)などを当たったが、見つからなかった。笑話集『再成餅』にあったという人もいるが、まだ確認してない。

りんかく線

絵を
描こうとするから
りんかく線が必要になる

立体のものを
平面に
移そうとするから
りんかく線が必要になる

一枚の緑の葉っぱ
そのへりは
ギザギザだったり
ツルツルだったりするが
どこにも
りんかく線はない

地平線や
水平線がないのと
同じだ

ぬり絵など
りんかく線ばかりだ

始めは
りんかく線だよ
色は後からだよ

りんかく線から
色がはみ出してはいけないよ

ぬり絵はいつも
そんなことばかり言っている

お化けの木

タテにのびながら
ヨコにものびる
上にのびながら
下にものびる
上下左右
同時にのびる

のびながら
止まっている

止まりながら
のびている

幹から枝がのびることもあれば
枝から幹がのびることもある

幹から根がのびることもあれば
根から幹がのびることもある

そんなお化けの木が
わが家の庭に何本も立っていて

私は点検に忙しい
お化けの木は
どこにでもある
人間のいる家なら
どこの庭にも

ズンズンズン

木は
伸びるけれど
ズンズンズンと
弾みをつけたりしない

ズンの一瞬
過去が現在を
上書きすることもない

梯子を上るみたいに
現在を足場にして
過去が未来へ
跳び移ったりすることもない

木は
ズンズンズンの
反対の仕方で伸びる
木は
ずっと止まっていて
止まりながら動いている
みたいだ

これから伸びるぞ

という瞬間がないから
幹がふくらんだり
しぼんだりしない

ズンズンズンの
音がしないから
木はいつも静かなのだが
その静けさを
見続けるのは苦しい

その静けさに
耐えうる人は
滅多にいない

カタチを脱ぐ

朝
玄関先の
チューリップを見ると

チューリップよ
カタチを脱ぎなさい
と言いたくなる

カタチは

一瞬の
時間の凍結

カタチが
カタチを
生むことはない

カタチがあって色がついたのか
色がまとまってカタチになったのか
カタチと色を
混ぜ合わせても
生きた花にはならない

神と子と精霊を練り合わせても

生きたナザレの人にはならない
それと同じだ

カタチを脱がないと
ませた子どもに
擬人法にされちゃうよ

チューリップよ
カタチが消えれば
時間も消える
カタチを脱ぎなさい
今すぐカタチを脱ぎ落としなさい

白い花

ほどけて
ほどけて
ふっくらとふくらんで
一つの花弁と
もう一つの花弁との
区別もつかないほどに
ふあっとまとまって開いているが
四、五日前
花瓶に差したときには

二つはまだ硬い蕾で
あとの三つは
花になったばかりの緊張感に
小さく身を引きしめていた
「山吹を　おもえば
　水のごとし」
とうたった人もいるが
目前の白い花は
カタチからカタチへ
流れる水の跡さえ見せなかった
蕾というカタチが
花というカタチへ
跳び移ったのではないから
「時間」は流れたかもしれないし

流れなかったのかもしれない
花はあと二、三日で
全開の極みから
ほどけてほどけて
卓上に落ちていくはずだが
落ちて卓上にふれる
そのときの幽かな音も
聴きとってやりたい

＊カッコ内は八木重吉の詩「山吹」全行

等式

三・五センチは
三・〇センチ

三・〇センチは
二・五センチ
なのかもしれない

花の奥に向かって
きつく幾重にも巻かれた

白い花の花弁が
部屋の温度のせいで
広がりながら
ほどけていく

芯のあたりは暗く
外側に行くほど
花弁は透きとおっているが
もっとも大きな花弁の
右端と左端では
今日はもう
差し渡し
ほぼ三・五センチもある

二・五センチが
極く静かに
まばたき一つしないで
三・五センチになった

（動いているけれど動かない
（動かないのに動いている

二・五センチは
三・〇センチと
同じ長さ……

花の中では
そんな驚くべき等式が

すでに成立している
のかもしれない

まどさんのミミズ

ミミズが
動いている
うごめいている

言葉で言えば
そうなるが
実物のミミズには
主語もなく
述語もない

胴体らしきものはあるが
どこまでが胴体で
どこからが動いているのか
何回見てもわからない

まるで
名詞と動詞が
同時に動いているみたいで
何が何をしているのか
全くわからない

「ミミズっちゅうのは手も足もなんにもないだけに
ボディ全体であらゆることをやっとるように見える。

まるで体が、心そのものみたいに……」

まどさんは
百歳になっても
ミミズやアリを見続けた

不思議なものが
すぐ目の前にあるので
言葉の世界と実物の世界
その違いを見ずにはいられなかったのだ

＊カッコ内のまど・みちおさんの言葉は聞き書き集『いわずにおれない』から。

丸太ん棒

魚は
丸太ん棒だ
丸太ん棒で
泳いでいく

背ビレや
尾ビレが
申し訳程度に

ちょこっと付いているが
あんなのは
オマケだ

魚は
丸太ん棒だ
丸太ん棒だけど
柔らかい丸太ん棒だ

柔らかい丸太ん棒を
上手にしならせて
（どこが、しなっているのか
（どこが、しならせているのか
泳いでいく

棒といえば
去年と今年を
貫いている棒もあったが
あの棒は硬くて、しならない
串刺しされた
去年と今年は
さぞ痛かった
ことだろうな

＊この詩は高浜虚子の句「去年今年貫く棒の如きもの」を参考にしました。

カンブクロ

秋だから
紙袋（取っ手つき）に押し込み
コスモスの花、かき分けて
子ネコを運ぶ

カンブクロ
カンブクロ

離れの工房に

女房の手芸の生徒が
今日も四、五人来ているので
「ハイ、小荷物です」
縁側越しに紙袋ごと放り出すと
突然、子ネコが跳び出して
みんな驚いて声をあげる
という趣向

生徒のみなさんは
七十歳前後のご婦人ばかりだから
笑えるときには、きっと大笑いする
この秋は急に涼しくなって
なんだか心細いので
真っ昼間から

こんなことばかりして遊んでいる

カンブクロ
カンブクロ

子ネコが
顔だけ出して空を見上げるから
私も空を見る

深過ぎて
あの世の底まで
見えてきそうな空だった

＊唱歌「山寺の和尚さん」の「カンブクロ」は紙袋の音便とも、棺桶を包む棺袋とも言われている。禅病で気が狂った鳥道という坊さんの奇行のことだという説もある。

鳩よ

正月が来ると
しらじらと寂しくなる
庭に出てみたら
鳩が二羽
何かつつきながら
歩いていた
暮れに落ち葉を片づけたから
小さな虫でも見えるのだろうか
鳩は正月から忙しい

イエスという男は昔
空飛ぶ鳥を見よ
蒔かず刈らず
と言ったが
その代わり鳩は一日中
下を向いて歩いている
一足一足
首を上下に動かしているが
あれは自分が生きていることに
納得して頷いているのではない
いま何をしているのか
鳩は何もわからずに生きているのだ
鳩は自分が鳩であることも
わからないで生きているのだから

大変だよな
と言ってやりたくなる
人間だって鳩に劣らず
何一つわからないで生きている
生まれた理由も
生まれ落ちた場所の広さも知らない
お互い、スゴイというか
大変だよな
誰にともなく言ってみたくなる
何も知らない同士
何か話したい気持ちになったが
私が少し近づいただけで
鳩はバサバサ
飛び立ってしまった

空も悪い

空が大きいから
私は小さい

空が広がっているので
私はすぼまっている

夜には
星が光るが
あんなにもいっぱい

星が必要だったのか

朝には
太陽が出てくるが
太陽の考えていることが
太陽の真意が
太陽の本音が
いくつになってもわからない

空が大きいから
私は小さい

私も悪いが
空も悪い

空があるから
いつまでも
私は悲しい

雲のいろいろ

まん丸い雲って
ないね

正方形の雲
あったら
見てみたいね

正三角形の
おでんみたいな雲

ないかな

ぼくは
跳び箱みたいな
台形の雲
ほしいな

先生
そういう雲
見たことある?

——先生は見たことありませんね
なぜ、そういう雲がないか
誰か、わかるかな?

雲はまだ
幾何の勉強してないから
――誰か、ほかに
雲はみんな
いい加減で、デタラメだから
――ハイ、正解です

お空がコワイ

道のまん中で
女の子が
しくしく泣いている

(お星さまがコワイの
(ずっとにらんでいるの
(ギラギラがいっぱいなの

そんな

外国の絵本
なかったかな

女の子はそれから
どうしたのかな
コワイコワイと泣きながら
大きくなったのかな

大きくなっても
大人になっても
いくつになっても
お空はコワイ

コワイコワイと言いながら

人間はみんな死んでいくのかな

その女の子に
会いたい気もするが
コワイが
コワイに話しかけても
コワイは消えない

慰める
ことばもない

0

カゾエレバ
カゾエルホド
フエテイク

ナンデモイイケド
タトエバ少年ガ
1ヲカイテ
ソノアトニ
0ヲツケテイクト

ケタガドンドンフエテイク

少年ハ
0ガドンドンフエルノガ
オモシロクテ
ケラケラワライナガラ
（メハツリアガッテイル？）
0ヲカイテイク

ソレハ
宇宙ノコトカイ？
宇宙ノオオキサノコトカイ？
ソレトモ宇宙のカズ？
オカアサンガシンパイシテモ

少年ハヤメヨウトシナイ

カキハジメタカラ
少年ハ
シヌマデカイテイク

少年ガシンダトキ
宇宙ハ
ドウナッテイル？

オオキサノコトデモ
カズノコトデモ

空からの質問

雲を浮かべたり
星を光らせたり

手を替え品を替え
その一端を小出しにしてくるが
絶対、己の正体を見せることはない

上へ進んでいると思わせて
下へ落とし続ける

東へ向かっていたのが
西方浄土の方だったりする

（なにせ
（座標軸がないんだから……

地球は丸いから
お空も丸いかな？
地球は一つだから
お空も一つかな？

ときどき
謎々あそびをしかけて

人間をからかう

お空がない日はないから
質問のない日はない

朝になると
ドーンと太陽など出してきて
人間に圧をかける

さあ、今日もいい天気だ
今日は気分がいいから
宇宙最大の質問を出すよ
用意はいいかな?

星を許す

年をとると
星を
許せるようになる

昔は
無数にあることが
シッチャカメッチャカで
その支離滅裂ぶりに
吐き気を催すほどだったが

この世はみんな
シッチャカメッチャカ
設計者も責任者もいない
登場人物のための
舞台もない
そうわかってきてから
あまり気にならなくなった

シッチャカメッチャカの
元凶である宇宙は
カタチも大きさもないから
宇宙は
星を包んでいる

入れ物ではない

なんだ
お互い
シッチャカメッチャカの同類項か
それがわかってからは
さすがに
美しいとは言えないが
星を少し
許せるようになった

場所について

私の場合
年をとるごとに
場所が希薄になっていく

部分は
全体を追い越せない
だれでもそう信じているが
私の場合
全体を考えるたびに

全体があやふやになる

手を振って
もうすぐ
この世ともお別れだ

私だって人並みに
そう考えて生きてはいるが
私の場合
年をとるごとに
足元の場所が揺らいでいく

生まれ落ちるときにも
そのための場所は必要だったし

死んでいくときにも
そのための場所が必要なのだが

肝心のその場所が
揺らぎ続けているとしたら
死ぬにしても
どこからどこへ
私は行けるというのか

飛び立つための
踏み切り板が揺らいでいる

助走のための
地面が揺らいでいる

あとがき

五十歳を過ぎたころだろうか、ものの見え方がガラッと一変したことがある。きっかけは姪が持ってきた鉢植えのマーガレットの白い花。一晩寝て、朝起きてみたら、その花が少し大きくなっていた。それを見て「何が大きくなったのだろう」と考えているうちに、その花が実に不思議なものに見え始めた。妙に生々しく、そして他人事ではないように見えてきた。それ以降、その不思議ばかりを考えて現在に到っている。

敬愛する詩人、まど・みちおさんは「ぼくは本を読むより目の前の花や虫を読むのが好きなんです」と、よく言っていたが、年をとるごとにその言葉が身にしみてくる。言葉の世界と別に、もう一つ実物の世界があるらしい。言葉の世界では、個体はピョンピョン跳びはねるように動くが、実物の世界では個体があるのかどうかもわからなくなるから、運動だってあるのかどうかわからない。そのことが面白いので、その二つの世界の違いを確認し、再確認することが私の生きる支えになっている。

まどさんはまた、ご自分の詩について「花や虫を読んだ後の読書感想文のようなものです」とも言っている。今回の私の詩集は、まさしく下手な読書感想文なのだが、それとは別に個人的な精神的実験の実験記録の意味合いもあると思っている。残しておけば後々、自分のための何かの資料になるかもしれない、という思いがないわけではない。

初出は、「肉の付いた字」(「現代詩手帖」平成二十九年四月号)、「お化けの木」(同)、「反マトリョーシカ宣言」(同誌、令和二年十一月号)以外、全て所属誌「ガーネット」。編集に当たっては『まどさんへの質問』、『朝の言葉』に続いて今回も思潮社の出本喬巳さんにお世話になった。

著作一覧

詩集：『ノノヒロ』（一九八二年、紫陽社）
『昼あそび』（一九八六年、紫陽社）
『付録』（一九八六年、私家版）
『キヨシ君の励ましによって私は生きる』（一九九〇年、紙鳶社）
『泣き田んぼ』（一九九四年、紙鳶社）
『バンザイ、バンザイ』（一九九五年、詩学社）
『新隠居論』（一九九七年、詩学社）
『春夏猫冬』（一九九九年、思潮社）
『十秒間の友だち』（二〇〇〇年、大日本図書）
『先生のタバコ』（二〇〇一年、紙鳶社）
『秋の授業』（二〇〇四年、詩学社）
『歯をみがく人たち』（二〇〇八年、ノイエス朝日）
『26個の風船』（二〇一二年、榛名まほろば出版）

『まどさんへの質問』（二〇一六年、思潮社）
『朝の言葉』（二〇一八年、思潮社）

評論集：『まど・みちおという詩人の正体』（二〇一九年、未來社）

絵本：『みんな　いるかな』（二〇〇三年、福音館書店）
『いつのまにかの　まほう』（二〇〇五年、福音館書店）
『みぎあしくんと　ひだりあしくん』（二〇〇八年、福音館書店）
『おおきいな　ちいさいな』（二〇〇九年、福音館書店）
『モワモワ　でたよ』（二〇一二年、福音館書店）
『ちいさなふく　ちいさなぼく』（二〇一三年、福音館書店）
『のこぎりやまの　ふしぎ』（二〇一四年、福音館書店）
『つかめる　かな？』（二〇一七年、福音館書店）
『たいよう　でてきたぞ』（二〇一九年、福音館書店）

反《はん》マトリョーシカ宣言《せんげん》

著者
大橋政人《おおはしまさひと》
発行者
小田久郎
発行所
株式会社 思潮社
〒一六二―〇八四二 東京都新宿区市谷砂土原町三―十五
電話〇三（五八〇五）七五〇一（営業）
〇三（三二六七）八一四一（編集）
印刷・製本所
創栄図書印刷株式会社
発行日
二〇二二年九月一日